Richard Edwards est né à Tonbridge, dans le Kent, en Grande-Bretagne.
Il a étudié la littérature anglaise et la littérature américaine à l'université Warwick.
Il a ensuite vécu en Italie, en France et en Espagne. Il est l'auteur
d'une vingtaine d'albums illustrés et de livres de poésie pour les enfants.

Susan Winter est née en Afrique du Sud. Elle est diplômée de l'université Natal.
Elle a été travailleuse sociale, d'abord dans son pays natal, puis à Londres,
en Grande-Bretagne. Après la naissance de son second enfant, elle a fait des études
en illustration à la Chelsea School of Art, avant de commencer une nouvelle
carrière d'illustratrice-pigiste de livres pour enfants. Elle vit à Londres.

À Francesca et à Charlotte – *S.W.*

Catalogage avant publication de la Bibliothèque nationale du Canada

Edwards, Richard, 1949-
  Où te caches-tu, Cachou? / Richard Edwards ; illustrations de Susan Winter ;
  texte français d'Hélène Pilotto.

Traduction de: Where are you hiding, Copycub?
Pour les jeunes de 4 à 7 ans.
ISBN 0-439-96624-8

I. Winter, Susan II. Pilotto, Hélène III. Titre.

PZ26.3.E39Ou 2004   j823'.914   C2003-907278-9

Édition publiée par les Éditions Scholastic, 175 Hillmount Road, Markham (Ontario) L6C 1Z7,
avec la permission de Frances Lincoln Limited.

5 4 3 2 1   Imprimé à Singapour   04 05 06 07

Où te caches-tu, Cachou?

Richard Edwards

Illustrations de Susan Winter

Texte français d'Hélène Pilotto

Éditions
SCHOLASTIC

Comme tous les oursons, Cachou adore s'amuser. Ce qu'il préfère, c'est jouer à cache-cache. Malheureusement, il ne choisit pas d'assez bonnes cachettes et sa maman réussit toujours à le trouver.

Au printemps, les ours émergent de leur long sommeil d'hiver.

La maman de Cachou s'étire. Cachou s'étire.

La maman de Cachou se gratte. Cachou se gratte.

Tout à coup, l'ourson file se cacher dans un coin de la caverne.

— Tu ne peux pas me trouver! lance Cachou à sa maman.

— Oh oui! Je peux! répond celle-ci.

Elle avance doucement vers le fond de la caverne, fouille dans l'ombre et trouve son ourson. Elle le soulève bien haut au-dessus de sa tête.

— Je t'ai trouvé, petit Cachou!

L'été, les ours passent toute la journée dehors, au soleil.

Cachou se cache dans les buissons et crie à sa maman :

— Tu ne peux pas me trouver!

— Oh oui! Je peux! répond-elle en se dirigeant droit vers la cachette de son ourson.

— Je t'ai trouvé, dit-elle en déposant un bisou sur son museau.

À l'automne, les ours se rassemblent à la rivière. C'est le temps de la pêche au saumon.

Cachou se cache derrière les branches d'un barrage de castor et crie :

— Tu ne peux pas me trouver!

Sa maman se jette à l'eau et l'attrape en s'exclamant :

— Oh oui! Je peux, mon petit poisson à fourrure!

Un après-midi, alors que les ours explorent les profondeurs de la forêt, Cachou pense à une bonne cachette. Il profite d'un moment où sa maman ne le regarde pas pour s'éloigner. Il file jusqu'à un cours d'eau, le traverse, en remonte l'autre rive et court jusqu'à un arbre creux. Il réussit à s'y faufiler en se tortillant de son mieux.

 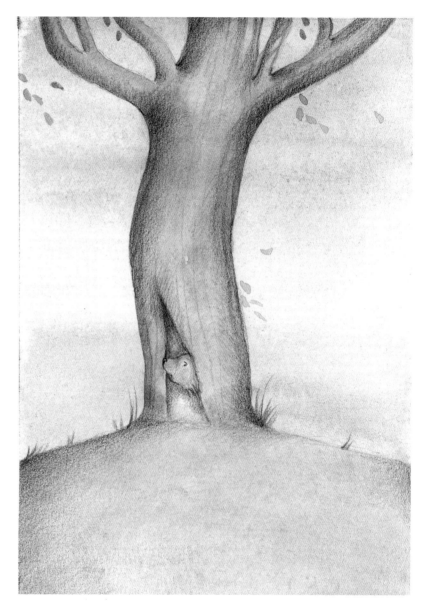

— Tu ne peux pas me trouver!
crie Cachou.
　Pas de réponse.

— Tu ne peux pas me trouver!
crie-t-il encore, un peu plus fort.
　Toujours pas de réponse.

— Tu ne peux pas me trouver! crie-t-il de toutes ses forces.

Mais la seule réponse qui parvient à ses oreilles est le souffle du vent qui balaie la cime des arbres.

Cachou se sent très seul. Il se glisse hors de l'arbre creux et revient sur ses pas en courant.

Mais il se trompe de direction. Pauvre Cachou : il est complètement perdu! Et la forêt qui devient de plus en plus sombre...
Cachou court par-ci, court par-là. Il ne sait plus quoi faire.

Cachou s'assoit. Il frissonne.

La nuit tombe. Un hibou hulule. Il y a tant de bruits bizarres dans la forêt : une feuille tremble, une branche craque, un arbre grince dans le vent.

Tout à coup, Cachou entend un son : c'est un bruit lourd et constant, qui arrive droit dans sa direction! Apeuré, il court se cacher derrière un tronc d'arbre. Il se fait tout petit et recouvre ses yeux avec ses pattes.

— Tu ne peux pas me trouver! murmure-t-il.

— Oh oui! Je peux!
C'est la voix de sa maman. Cachou est si content de la voir!

Il court jusqu'à elle et saute dans ses bras.

— Je savais que tu me trouverais, dit-il. J'en étais sûr.

De retour dans la caverne,
la maman de Cachou explique
à son ourson qu'il ne doit jamais
s'éloigner seul.

— Je ne le ferai plus, dit Cachou.
C'est promis.

Puis il se pelotonne contre sa
maman, là où il fait toujours chaud.
Il est très fatigué.

— Mais si je me perds, partiras-tu toujours à ma recherche, demande-t-il.

— Toujours, répond sa maman, d'une voix douce.

— Toujours, toujours?

— Toujours, toujours.

Cachou bâille.

— Toujours, toujours...?

Il allait le dire trois fois, mais il s'endort avant de terminer sa phrase. Alors, sa maman la termine pour lui :

— Toujours, mon amour.